簡單／詳細／實用

越寫越讀越上手

日語五十音
習字帖

DT企劃／編著

附
中日發音
QR Code
音檔

笛藤出版

前　言

　　日語的文字是由「平仮名」、「片仮名」以及「漢字」所組成，學日語的第一步就是要先學好這三種文字，奠定日後的基礎。一般坊間所出版的五十音學習書，大多只著重於平仮名、片仮名的寫法，很少提到中日漢字的不同之處。本書由《日語五十音聽說寫》改編增訂，除了介紹日語假名的來源之外，更精心整理了中日漢字寫法的差異，對初學者來說，既方便學習又能加快記憶，非常的有幫助。此外，配合日籍老師所錄製的 MP3，除了學習正確的發音之外，還可以練習耳朵對日語的敏感度，對日後的學習也更有幫助唷！

學習方法：

一、隨時反覆練習

二、一邊寫一邊念，手到耳到學習更全面

三、仔細觀察、模仿正確寫法

四、透過單字並配合發音來記平仮名、片仮名

五、日語漢字與中文漢字有些微的不同，
　　多練習幾次才不會弄錯！

♪ MP3 音檔請至下方連結下載：

https://bit.ly/DT50aiueo

★請注意英數字母＆大小寫區別★

日語發聲｜日比真由美・川瀨隆士
中文發聲｜賴巧凌

目　次

五十音図表
ひらがな と かたかな
平仮名と片仮名

MP3
02
03
04
05

＊照あいうえお排列
＊分平仮名和片仮名，片仮名常用於外來語

（一）清音

行＼段	あ段		い段		う段		え段		お段	
あ行	あ ア	a	い イ	i	う ウ	u	え エ	e	お オ	o
か行	か カ	ka	き キ	ki	く ク	ku	け ケ	ke	こ コ	ko
さ行	さ サ	sa	し シ	shi	す ス	su	せ セ	se	そ ソ	so
た行	た タ	ta	ち チ	chi	つ ツ	tsu	て テ	te	と ト	to
な行	な ナ	na	に ニ	ni	ぬ ヌ	nu	ね ネ	ne	の ノ	no
は行	は ハ	ha	ひ ヒ	hi	ふ フ	hu	へ ヘ	he	ほ ホ	ho
ま行	ま マ	ma	み ミ	mi	む ム	mu	め メ	me	も モ	mo
や行	や ヤ	ya			ゆ ユ	yu			よ ヨ	yo
ら行	ら ラ	ra	り リ	ri	る ル	ru	れ レ	re	ろ ロ	ro
わ行	わ ワ	wa							を ヲ	wo
ん行	ん ン	n								

4

(二) 濁音 (だくおん)

段 行	あ段		い段		う段		え段		お段	
が行	が ガ	ga	ぎ ギ	gi	ぐ グ	gu	げ ゲ	ge	ご ゴ	go
ざ行	ざ ザ	za	じ ジ	zi	ず ズ	zu	ぜ ゼ	ze	ぞ ゾ	zo
だ行	だ ダ	da	ぢ ヂ	ji	づ ヅ	zu	で デ	de	ど ド	do
ば行	ば バ	ba	び ビ	bi	ぶ ブ	bu	べ ベ	be	ぼ ボ	bo

(三) 半濁音 (はんだくおん)

段 行	あ段		い段		う段		え段		お段	
ぱ行	ぱ パ	pa	ぴ ピ	pi	ぷ プ	pu	ぺ ペ	pe	ぽ ポ	po

（四）拗音－清音、濁音、半濁音的「い」段音和小寫偏右下
　　　的「や」「ゆ」「よ」合成一個音節，叫「拗音」。

か行	きゃ キャ	kya	きゅ キュ	kyu	きょ キョ	kyo
が行	ぎゃ ギャ	gya	ぎゅ ギュ	gyu	ぎょ ギョ	gyo
さ行	しゃ シャ	sha	しゅ シュ	shu	しょ ショ	sho
ざ行	じゃ ジャ	ja	じゅ ジュ	ju	じょ ジョ	jo
た行	ちゃ チャ	cha	ちゅ チュ	chu	ちょ チョ	cho
だ行	ぢゃ ヂャ	ja	ぢゅ ヂュ	ju	ぢょ ヂョ	jo
な行	にゃ ニャ	nya	にゅ ニュ	nyu	にょ ニョ	nyo
は行	ひゃ ヒャ	hya	ひゅ ヒュ	hyu	ひょ ヒョ	hyo
ば行	びゃ ビャ	bya	びゅ ビュ	byu	びょ ビョ	byo
ぱ行	ぴゃ ピャ	pya	ぴゅ ピュ	pyu	ぴょ ピョ	pyo
ま行	みゃ ミャ	mya	みゅ ミュ	myu	みょ ミョ	myo
ら行	りゃ リャ	rya	りゅ リュ	ryu	りょ リョ	ryo

（五）促音^{そくおん}－在發音時，此字不發音停頓一拍、用羅馬字雙子音表示。

小つ（ツ）	きっぷ	票	ki.p.pu
	きって	郵票	ki.t.te
	いっさい	一切	i.s.sa.i
	がっこう	學校	ga.k.ko.o
	マッチ	火柴	ma.c.chi
	よっつ	四個	yo.t.tsu
	ざっし	雜誌	za.s.shi

（六）長音^{ちょうおん}－兩個母音重疊時拉長音即可。

ああ（アー）	おかあさん	母親	o.ka.a.sa.n
いい（イー）	たのしい	快樂	ta.no.shi.i
うう（ウー）	ゆうびん	郵件	yu.u.bi.n
ええ えい（エー）	がくせい	學生	ga.ku.se.e
おお おう（オー）	おとうと	兄弟	o.to.o.to

☀ 平仮名的字源

平仮名的寫法是以中文漢字的字形為基礎演變而來

あ 安	い 以	う 宇	え 衣	お 於
か 加	き 幾	く 久	け 計	こ 己
さ 左	し 之	す 寸	せ 世	そ 曾
た 太	ち 知	つ 川	て 天	と 止
な 奈	に 仁	ぬ 奴	ね 祢	の 乃
は 波	ひ 比	ふ 不	へ 部	ほ 保
ま 末	み 美	む 武	め 女	も 毛
や 也		ゆ 由		よ 与
ら 良	り 利	る 留	れ 礼	ろ 呂
わ 和	を 袁	ん 无		

☀ 片仮名的字源

和平仮名一樣取自中國文字

ア 阿	イ 伊	ウ 宇	エ 江	オ 於
カ 加	キ 幾	ク 久	ケ 介	コ 己
サ 散	シ 之	ス 須	セ 世	ソ 曾
タ 多	チ 千	ツ 川	テ 天	ト 止
ナ 奈	ニ 二	ヌ 奴	ネ 祢	ノ 乃
ハ 八	ヒ 比	フ 不	ヘ 部	ホ 保
マ 末	ミ 三	ム 牟	メ 女	モ 毛
ヤ 也		ユ 由		ヨ 与
ラ 良	リ 利	ル 流	レ 礼	ロ 呂
ワ 和	ヲ 乎	ン 尓		

a

		一	十	あ	あ	あ			

あ
平仮名

		つ	ア	ア	ア	ア			

ア
片仮名

i

		し	い	い	い	い			

い
平仮名

		ノ	イ	イ	イ	イ			

イ
片仮名

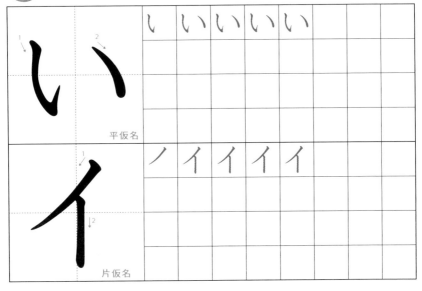

u

	`	う	う	う	う		

平仮名

	`	'	ウ	ウ	ウ		

片仮名

e

	`	え	え	え	え		

平仮名

	一	T	エ	エ	エ		

片仮名

11

o

| | ー | お | お | お | お | | |

平仮名

| | ー | 寸 | オ | オ | オ | | |

片仮名

ka

| | つ | カ | か | か | か | | |

平仮名

| | つ | カ | カ | カ | カ | | |

片仮名

ー	二	き	き	き		

平仮名

ー	二	キ	キ	キ		

片仮名

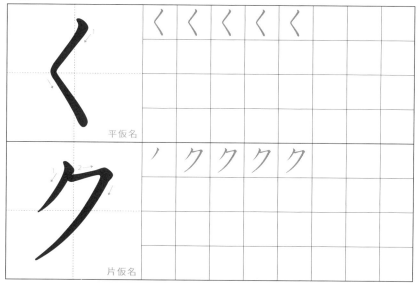

く	く	く	く	く		

平仮名

ノ	ク	ク	ク	ク		

片仮名

ke

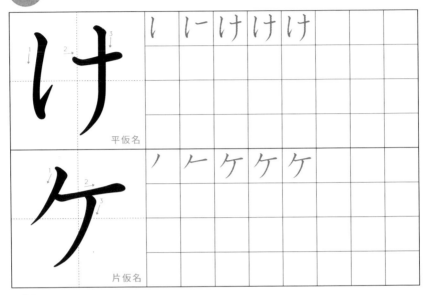

		し	しー	けけ	けけ	け		

平仮名

		ノ	ケ	ケ	ケ	ケ		

片仮名

ko

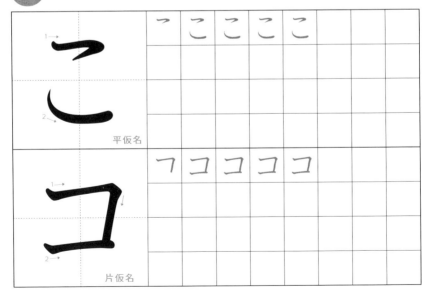

		っ	こ	こ	こ	こ		

平仮名

		フ	コ	コ	コ	コ		

片仮名

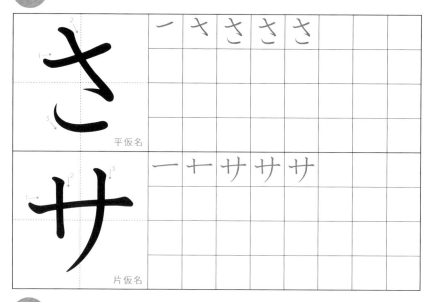

ー　さ　さ　さ　さ

平仮名

ー　十　サ　サ　サ

片仮名

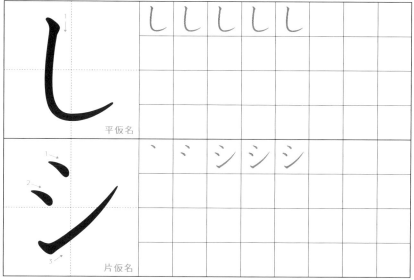

し　し　し　し　し

平仮名

｀　シ　シ　シ　シ

片仮名

su

平仮名

片仮名

se

平仮名

片仮名

そ そ そ そ そ

ゝ ソ ソ ソ ソ ソ

平仮名

片仮名

一 ナ た た た

ノ ク タ タ タ

平仮名

片仮名

| ー | ち | ち | ち | ち | | |

平仮名

| ー | ニ | チ | チ | チ | | |

片仮名

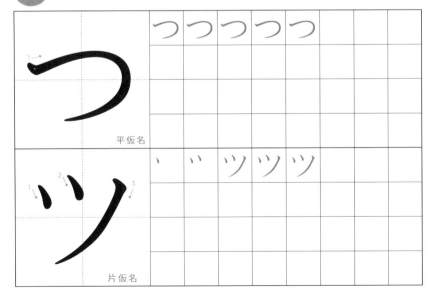

| つ | つ | つ | つ | つ | | |

平仮名

| ` | ` | ツ | ツ | ツ | | |

片仮名

te

て 平仮名	て	て	て	て	て			
テ 片仮名	一	二	テ	テ	テ			

to

と 平仮名	丶	と	と	と	と			
ト 片仮名	丨	ト	ト	ト	ト			

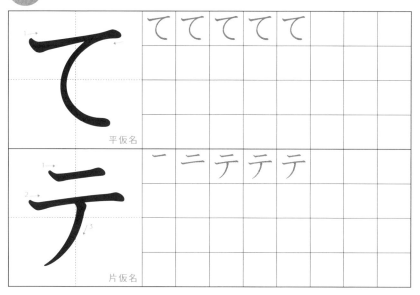

na

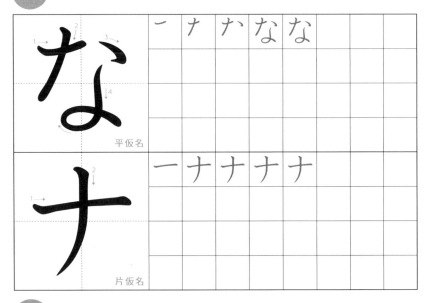

一 ナ ナ な な

平仮名

一 ナ ナ ナ ナ

片仮名

ni

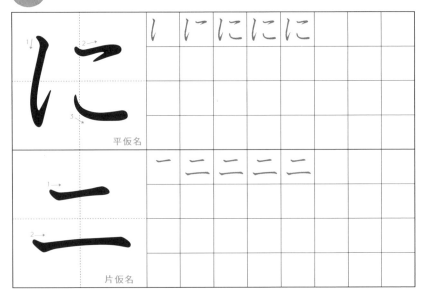

丨 に に に に

平仮名

一 二 二 二 二

片仮名

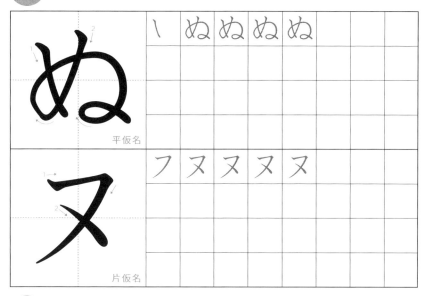

ぬ
平仮名

ヌ
片仮名

\ ぬ ぬ ぬ ぬ

フ ヌ ヌ ヌ ヌ

ね
平仮名

ネ
片仮名

l ね ね ね ね

` ラ ネ ネ ネ

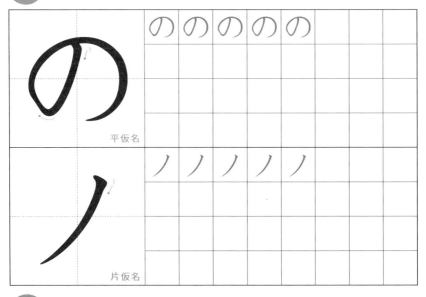

平仮名

片仮名

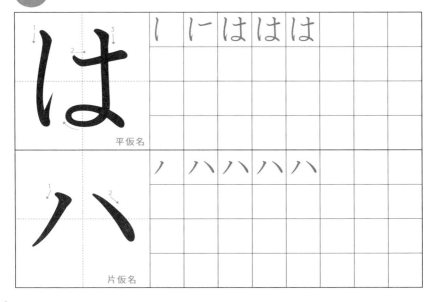

平仮名

片仮名

hi

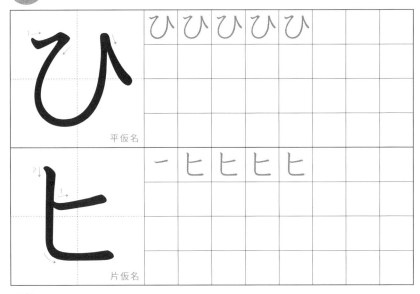

ひ ひ ひ ひ ひ

平仮名

一 ヒ ヒ ヒ ヒ

片仮名

hu

ゝ ふ ふ ふ ふ

平仮名

フ フ フ フ フ

片仮名

he

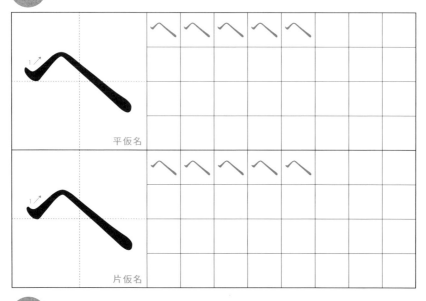

平仮名

片仮名

ho

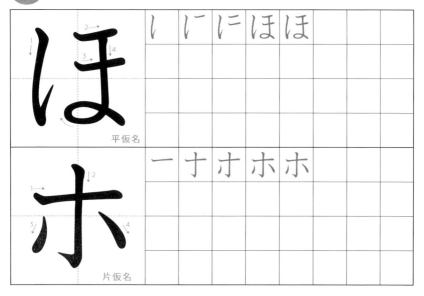

平仮名

片仮名

ma

		ー	二	ま	ま	ま		

平仮名

	フ	マ	マ	マ	マ			

片仮名

mi

	み	み	み	み	み			

平仮名

	丶	ニ	ミ	ミ	ミ			

片仮名

25

mu

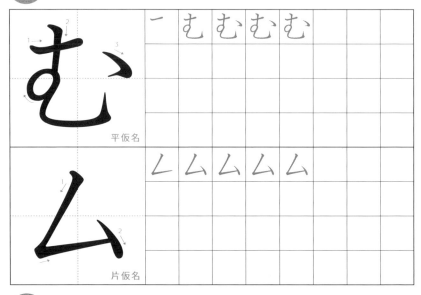

一　む　む　む　む

平仮名

ㄥ　ム　ム　ム　ム

片仮名

me

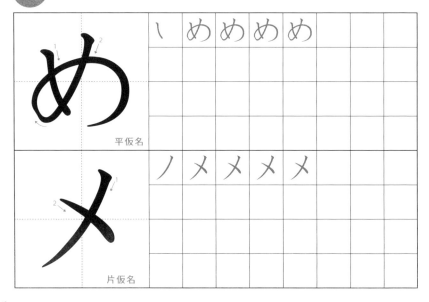

㇅　め　め　め　め

平仮名

ノ　メ　メ　メ　メ

片仮名

mo

し	も	も	も	も			

平仮名

一	二	モ	モ	モ			

片仮名

ya

つ	う	や	や	や			

平仮名

ウ	ヤ	ヤ	ヤ	ヤ			

片仮名

27

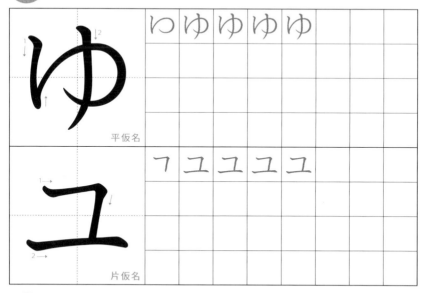

平仮名

片仮名

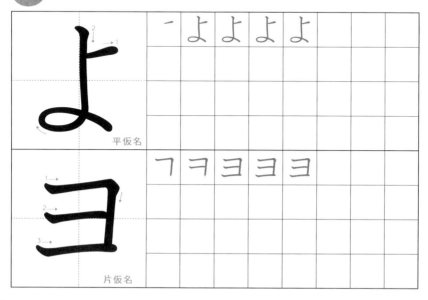

平仮名

片仮名

ra

	`	ら	ら	ら	ら			

平仮名

	¯	ラ	ラ	ラ	ラ			

片仮名

ri

	l	り	り	り	り			

平仮名

	l	リ	リ	リ	リ			

片仮名

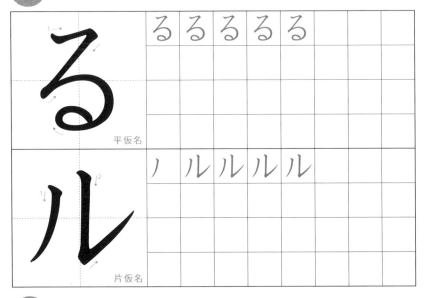

	る	る	る	る	る		
	ノ	ル	ル	ル	ル		

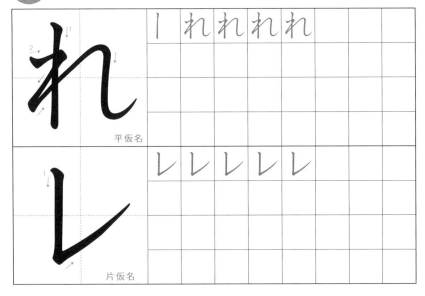

	丨	れ	れ	れ	れ		
	レ	レ	レ	レ	レ		

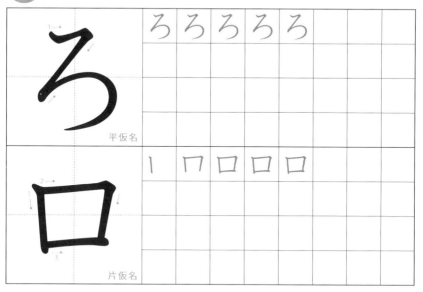

o

| 一 | ち | を | を | を | | |

平仮名

| フ | ヲ | ヲ | ヲ | ヲ | | |

片仮名

n

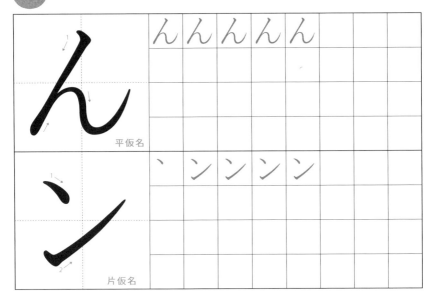

| ん | ん | ん | ん | ん | | |

平仮名

| ヽ | ン | ン | ン | ン | | |

片仮名

ga

が		つ	カ	か	が	が	が		
平仮名									
ガ		つ	カ	ガ	ガ	ガ	ガ		
片仮名									

gi

ぎ		ｰ	ニ	き	き	ぎ	ぎ		
平仮名									
ギ		ｰ	ニ	キ	ギ	ギ	ギ		
片仮名									

gu

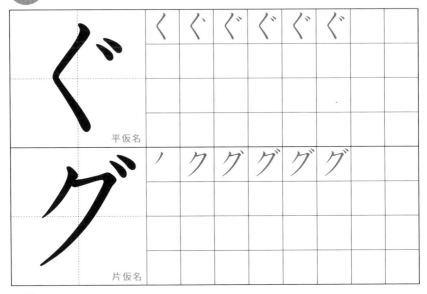

平仮名

片仮名

ge

平仮名

片仮名

go

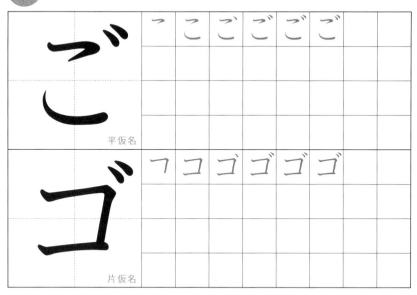

平仮名

片仮名

za

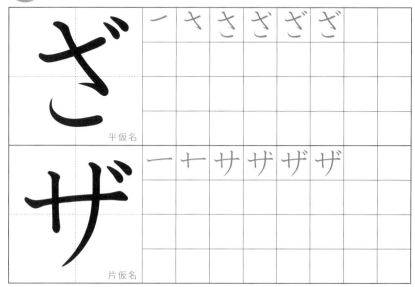

平仮名

片仮名

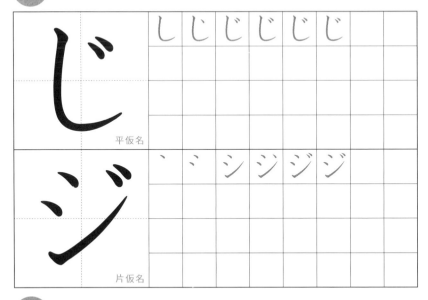

平仮名

片仮名

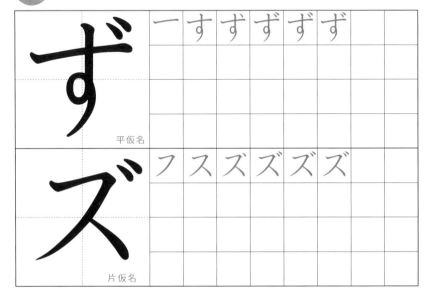

平仮名

片仮名

だ
平仮名

ー ナ た た だ だ

ダ
片仮名

ノ ク タ タ ダ ダ

ぢ
平仮名

ー ち ち ぢ ぢ ぢ

ヂ
片仮名

ー ニ チ チ ヂ ヂ

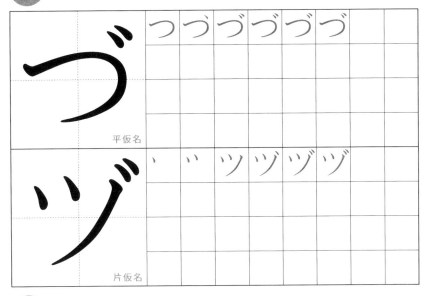

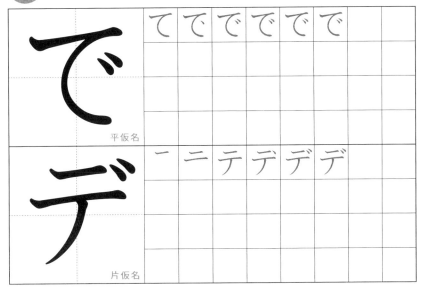

do

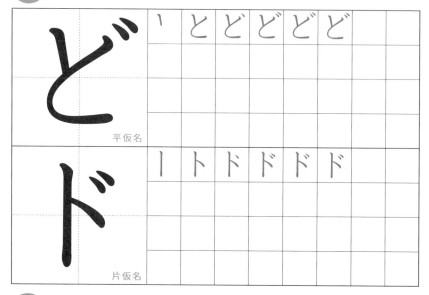

	゛	と	ど	ど	ど	ど		
平仮名								
	l	ト	ド	ド	ド	ド		
片仮名								

ba

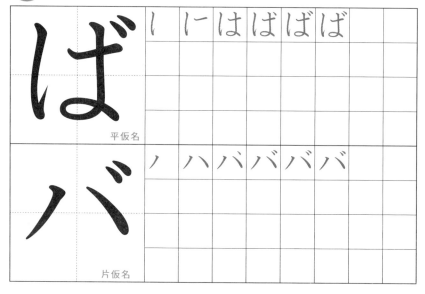

	l	lー	は	ば	ば	ば		
平仮名								
	ノ	ハ	バ	バ	バ	バ		
片仮名								

bi

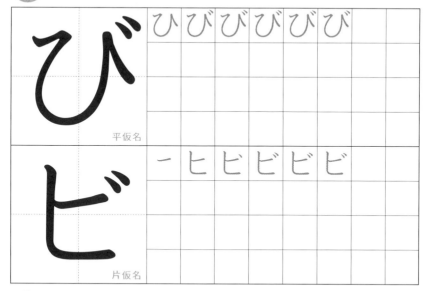

ひ	び	び	び	び	び	

平仮名

ー	ヒ	ビ	ビ	ビ	ビ	

片仮名

bu

゛	ふ	ふ	ふ	ふ	ぶ	

平仮名

フ	ブ	ブ	ブ	ブ	ブ	

片仮名

41

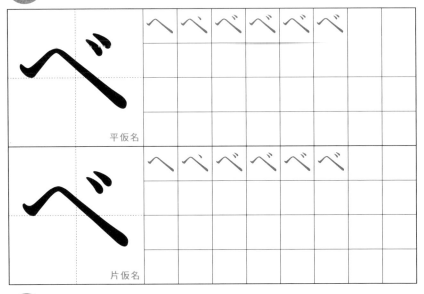

平仮名

片仮名

平仮名

片仮名

pa

ぱ		｜	｜－	はﾟ	ぱﾟ	ぱﾟ	ぱﾟ		
	平仮名								
パ		ノ	ハ	パ	パ	パ	パ		
	片仮名								

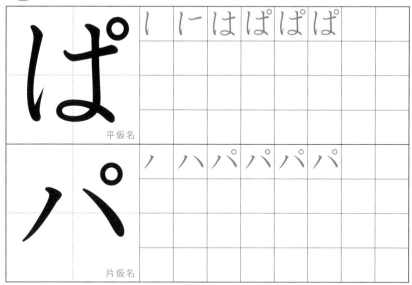 pi

ぴ		ひﾟ	ぴﾟ	ぴﾟ	ぴﾟ	ぴﾟ	ぴﾟ		
	平仮名								
ピ		一	ヒﾟ	ピ	ピ	ピ	ピ		
	片仮名								

pu

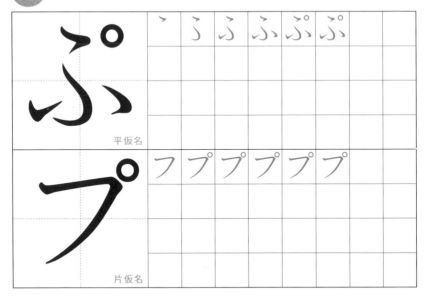

平仮名

片仮名

pe

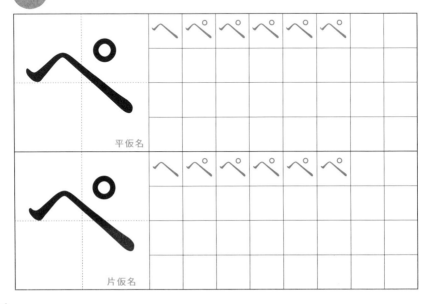

平仮名

片仮名

po

ぽ
平仮名

ポ
片仮名

| し | に | に | ほ | ぽ | ぽ | | |

| 一 | ナ | オ | ホ | ポ | ポ | | |

45

　　日本的新年快樂說法分為兩種。在還沒跨年、也就是 12 月 31 日午夜 12 點之前是互相說「良いお年をお迎えください！」簡稱「良いお年を！」。接近年末的時候，不管是離開學校時的互相道別，還是工作結束後的招呼語，通常都用這句話來祝賀對方有個美好的一年，明年再相見的意思。

　　而 1 月 1 日開始之後則是說「あけましておめでとうございます！」跟親友則會簡略成「あけおめ」。這句就真的是「新年快樂」的意思了。

　　這兩種說法雖然都有祝賀新年的意思，但使用的時間點完全不一樣。其中的差異在 12 月 31 日看日本紅白歌合戰時，可以特別明顯地感覺到。在 12 點之前藝人們都是互相說「良いお年をお迎えください！」12 點過後則是說「あけましておめでとうございます！」下次看電視的時候可以注意聽聽看喔！

　　另外，年輕人會把「あけましておめでとうございます！今年もよろしくお願いします！」（新年快樂！今年也請多多指教！）這句話簡化為「あけおめ！ことよろ！」有機會可以試著跟日本朋友說看看唷！

▶良いお年をお迎えください
yo.i.o.to.shi.wo.o.mu.ka.e.ku.da.sa.i

▶あけましておめでとうございます！今年もよろしくお願いします！
a.ke.ma.shi.te.o.me.de.to.o.go.za.i.ma.su　ko.to.shi.mo.yo.ro.shi.ku.o.ne.ga.i.shi.ma.su

memo

書寫練習（四）－拗音

kya

きゃ <small>平仮名</small>				
キャ <small>片仮名</small>				

kyu

きゅ <small>平仮名</small>				
キュ <small>片仮名</small>				

kyo

きょ <small>平仮名</small>				
キョ <small>片仮名</small>				

gya

ぎゃ 平仮名					
ギャ 片仮名					

gyu

ぎゅ 平仮名					
ギュ 片仮名					

gyo

ぎょ 平仮名					
ギョ 片仮名					

sha

しゃ 平仮名				
シャ 片仮名				

shu

しゅ 平仮名				
シュ 片仮名				

sho

しょ 平仮名				
ショ 片仮名				

ja

じゃ 平仮名				
ジャ 片仮名				

ju

じゅ 平仮名				
ジュ 片仮名				

jo

じょ 平仮名				
ジョ 片仮名				

51

cha

ちゃ 平仮名					
チャ 片仮名					

chu

ちゅ 平仮名					
チュ 片仮名					

cho

ちょ 平仮名					
チョ 片仮名					

nya

にゃ 平仮名					
ニャ 片仮名					

nyu

にゅ 平仮名					
ニュ 片仮名					

nyo

によ 平仮名					
ニョ 片仮名					

ひゃ 平仮名					
ヒャ 片仮名					

ひゅ 平仮名					
ヒュ 片仮名					

ひょ 平仮名					
ヒョ 片仮名					

bya

びゃ 平仮名				
ビャ 片仮名				

byu

びゅ 平仮名				
ビュ 片仮名				

byo

びょ 平仮名				
ビョ 片仮名				

ぴゃ 平仮名				
ピャ 片仮名				

ぴゅ 平仮名				
ピュ 片仮名				

ぴょ 平仮名				
ピョ 片仮名				

mya

みゃ 平仮名					
ミャ 片仮名					

myu

みゅ 平仮名					
ミュ 片仮名					

myo

みょ 平仮名					
ミョ 片仮名					

rya

りゃ 平仮名				
リャ 片仮名				

ryu

りゅ 平仮名				
リュ 片仮名				

ryo

りょ 平仮名				
リョ 片仮名				

當説到地名或是數量的時候，大家應該常常看到這個記號吧？明明寫做「ヶ」但卻不念 ke，是日文中很特別的一個輔助文字。

　　片假名ケ的小寫「ヶ」在日文中，會被用來代替「個／箇」和「が」。雖然寫做「ヶ」但跟它原本的身份卻毫無相關，要視為完全不一樣的字喔！唸法也因不同的語意而讀做「か」、「が」或「こ」。有些時候「ヶ」也會寫成「ケ、ヵ、カ、か」。

　　會使用「ヶ」來取代的原因，普遍被認為是由「箇」的部首「竹」，或是從箇的簡體字「个」簡化而來。類似現代人寫字求快的時候喜歡用「G」來代替中文的「雞」一樣，是為了方便行事以及輔助發音所演變出來的特殊現象。雖然看起來很複雜，甚至連日本人都常常覺得疑惑，不過只要掌握住基本原則，你也可以輕鬆念出來唷！

【ヶ的用法有以下兩種】

①取代數量詞「個／箇」：表達日期或地方的數量，念做か或こ。

▶ 三ヶ月（三個月）、四ヶ所（四個地方）
　　→ 也可寫成三ヵ月、四ヵ所

▶ 如果純粹表示「個」則唸「こ」
　　→ 1ヶ（一個）

②取代連體修飾詞中的「が」：因地名而異也可寫做ケ，念做が。

▶ 市ヶ谷

▶ 自由ヶ丘 ← 也寫做自由が丘

▶ 関ケ原町 ← 也會出現大寫

MP3
14
～
15

あ行	朝陽	あさひ a sa hi		
	草莓	いちご i chi go		
	海	うみ u mi		
	電影	えいが e e ga		
	玩具	おもちゃ o mo cha		
か行	傘	かさ ka sa		
	郵票	きって ki 不發音 te		
	鯨魚	くじら ku ji ra		
	煙	けむり ke mu ri		

小孩子	こども ko do mo		
櫻花	さくら sa ku ra		
報紙	しんぶん shi n bu n		
西瓜	すいか su i ka		
老師	せんせい se n se e		
天空	そら so ra		
蛋	たまご ta ma go		
地圖	ちず chi zu		
月	つき tsu ki		
信	てがみ te ga mi		

さ行

た行

な行	朋友	ともだち to mo da chi	
	梨子	なし na shi	
	胡蘿蔔	にんじん ni n ji n	
	布	ぬの nu no	
	老鼠	ねずみ ne zu mi	
	海苔	のり no ri	
は行	剪刀	はさみ ha sa mi	
	飛機	ひこうき hi ko o ki	
	棉被	ふとん hu to n	
	房間	へや he ya	

	書	ほん ho n	
ま行	漫畫	まんが ma n ga	
	水	みず mi zu	
	蟲	むし mu shi	
	眼鏡	めがね me ga ne	
	桃子	もも mo mo	
や行	山	やま ya ma	
	夢	ゆめ yu me	
	夜晚	よる yo ru	
ら行	駱駝	らくだ ra ku da	

	蘋果	りんご ri n go		
	不在家	るす ru su		
	蓮藕	れんこん re n ko n		
	蠟燭	ろうそく ro o so ku		
わ行	鱷魚	わに wa ni		
	寫字	じをかく ji wo ka ku		
ん行	鉛筆	えんぴつ e n pi tsu		
	學校	がっこう ga 不發音 ko o		
が行	銀幣	ぎんか gi n ka		
	偶數	ぐうすう gu u su u		

木屐	げた ge ta		
飯	ごはん go ha n		
雜誌	ざっし za 不發音 shi		
時間	じかん ji ka n		
頭痛	ずつう zu tsu u		
絕對	ぜったい ze 不發音 ta i		
象牙	ぞうげ zo o ge		
大豆	だいず da i zu		
鼻血	はなぢ ha na ji		
罐頭	かんずめ ka n zu me		

ざ行

だ行

	電車	でんしゃ de n sha		
	動物	どうぶつ do o bu tsu		
ば行	玫瑰	ばら ba ra		
	瓶子	びん bi n		
	葡萄	ぶどう bu do o		
	便當	べんとう be n to o		
	帽子	ぼうし bo o shi		
ぱ行	眨眼	ぱちぱち pa chi pa chi		
	發亮	ぴかぴか pi ka pi ka		
	噗嗤	ぷっと pu 不發音 to		

餓了	ぺこぺこ pe ko pe ko		
滴雨	ぽつぽつ po tsu po tsu		

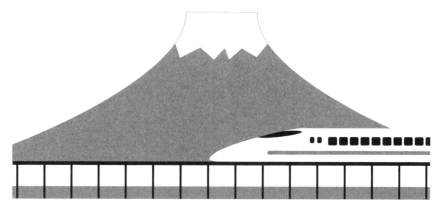

☀ 單字測驗

練習完前面的單字之後，來看看自己記得多少吧！

蛋			
海苔			
房間			
眼鏡			
桃子			
山			
蘋果			
學校			
飯			

雜誌			
時間			
罐頭			
電車			
玫瑰			
葡萄			
便當			

❀ 片仮名の単語練習 一片仮名的單字練習

片仮名多用來表示外來語，搭配原文可幫助記憶！

MP3
16
17

ア行	冰 ice	ア イ ス a i su		
	插畫 illustration	イ ラ ス ト i ra su to		
	羊毛 wool	ウ ー ル u u ru		
	圍裙 apron	エ プ ロ ン e pu ro n		
	橘子 orange	オ レ ン ジ o re n ji		
カ行	照相機 camera	カ メ ラ ka me ra		
	鑰匙 key	キ ー ki i		
	小餅乾 cookie	ク ッ キ ー ku 不發音 ki i		
	盒子 case	ケ ー ス ke e su		

サ行	咖啡 coffee	コーヒー ko o hi i		
	沙拉 salad	サラダ sa ra da		
	座席 seat	シート shi i to		
	滑雪 ski	スキー su ki i		
	芹菜 céleri（法）	セロリ se ro ri		
	沙發 sofa	ソファ so hu a		
タ行	計程車 taxi	タクシー ta ku shi i		
	乳酪 cheese	チーズ chi i zu		
	旅行 tour	ツアー tsu a a		
	網球 tennis	テニス te ni su		

番茄 tomato	トマト to ma to		
小刀 knife	ナイフ na i hu		
新聞 news	ニュース nyu u su		
麵條 noodle	ヌードル nu u do ru		
網 net	ネット ne 不發音 to		
筆記簿 note	ノート no o to		
火腿 ham	ハム ha mu		
喜馬拉雅 himalaya	ヒマラヤ hi ma ra ya		
底片 film	フィルム hu i ru mu		
頭 head	ヘッド he 不發音 do		

ナ行

ハ行

	飯店 hotel	ホテル ho te ru		
マ行	馬拉松 marathon	マラソン ma ra so n		
	牛奶 milk	ミルク mi ru ku		
	情調 mood	ムード mu u do		
	哈密瓜 melon	メロン me ro n		
	模特兒 model	モデル mo de ru		
ヤ行	年輕的 young	ヤング ya n gu		
	幽默 humour	ユーモア yu u mo a		
	瑜伽 yoga	ヨガ yo ga		
ラ行	收音機 radio	ラジオ ra ji o		

緞帶 ribbon	リボン ri bo n		
紅寶石 ruby	ルビー ru bi i		
檸檬 lemon	レモン re mo n		
機器人 robot	ロボット ro bo 不發音 to		
華爾滋 waltz	ワルツ wa ru tsu		
錢幣 coin	コイン ko i n		
口香糖 gum	ガム ga mu		
吉他 guitar	ギター gi ta a		
手套 glove	グローブ gu ro o bu		
遊戲 game	ゲーム ge e mu		

ワ行　ン行　ガ行

ザ行	橡膠 gom（荷）	ゴム go mu		
	榨菜 zha-cai（中）	ザーサイ za a sa i		
	果醬 jam	ジャム ja mu		
	褲子 jupon（法）	ズボン zu bo n		
	果凍 jelly	ゼリー ze ri i		
	殭屍 zombie	ゾンビー zo n bi i		
ダ行	水庫 dam	ダム da mu		
	甜點 dessert	デザート de za a to		
	甜甜圈 doughnut	ドーナツ do o na tsu		
バ行	香蕉 banana	バナナ ba na na		

啤酒 beer	ビール bi i ru		
刷子 brush	ブラシ bu ra shi		
皮帶 belt	ベルト be ru to		
球 ball	ボール bo o ru		
護照 passport	パスポート pa su po o to		
鋼琴 piano	ピアノ pi a no		
游泳池 pool	プール pu u ru		
筆 pen	ペン pe n		
海報 poster	ポスター po su ta a		

パ行

☀ 單字測驗

練習完前面的單字之後，來看看自己記得多少吧！

冰 ice			
圍裙 apron			
橘子 orange			
照相機 camera			
咖啡 coffee			
沙拉 salad			
芹菜 celeri (法)			
計程車 taxi			
乳酪 cheese			

網球 tennis			
番茄 tomato			
火腿 ham			
飯店 hotel			
牛奶 milk			
收音機 radio			
吉他 guitar			
香蕉 banana			
啤酒 beer			
鋼琴 piano			

　　這個符號對台灣人而言應該很熟悉吧？寫東西的時候如果遇到重複的字，為了要節省時間大家常會以此符號代替上一個字。但日文跟中文不同的地方是，這樣的反覆記號在日本是被當作正式文字在使用的喔！

　　「々」是由漢字「仝」演變而來，仝是同的異體字，有「相同」的意思。是日語中重複出現同樣的漢字時所使用的「符號」，稱作「踊り字」、「繰り返し記号」、「ノマ点」等等。

　　它本身不是漢字也不是假名，所以並沒有固定的讀音，「々」的讀音會跟著整個詞改變，有時候唸法會一樣，有時候會變成濁音，並沒有固定的規則，在發音方面要多加注意。

　　如果想用電腦單獨打出々，只要輸入「おなじ」或「どう」再按下空白鍵就可以囉！

【例】

► 時々
（ときどき）

► 人々
（ひとびと）

► 佐々木 希
（さ さ き のぞみ）

79

❀ 名言を書こう－名言的書寫練習

MP3 18

「人間三百六十五日、何の心配も無い日が、一日、いや半日あったら、それは幸せな人間です。」

（4×14 空白書寫格）

「在一年 365 天裡，如果有毫無煩惱的一天…不！只要有半天！那就是幸福的人了。」

—太宰 治

「弱虫は、幸福をさえおそれるものです。綿で怪我するんです。幸福に傷つけられる事もあるんです。」

（4×14 空白書寫格）

「膽小鬼是連幸福都會害怕的，連棉花都會讓它受傷。有時候也會因為幸福而受傷。」

—太宰 治

「愛^{あい}することは、いのちがけだよ。甘^{あま}いとは思^{おも}わない。」

（書き取り用方眼）

「愛情是冒死的事啊！我並不覺得甜蜜。」

―太宰 治^{だ ざい おさむ}

「遠^{とお}くから見^みれば、大抵^{たいてい}のものは綺麗^{きれい}に見^みえる。」

（書き取り用方眼）

「如果遠遠地看，大部分的東西看起來都是美麗的。」

―村上春樹^{むらかみはる き}

「世界全体^{せ かいぜんたい}が幸^{しあわ}せにならないかぎりは、個人^{こ じん}の幸福^{こうふく}はありえない。」

（書き取り用方眼）

「在全世界都還沒變得幸福之前，是無法追求個人的幸福的。」

―宮沢賢治^{みやざわけん じ}

81

「一つずつの小さな現在が続いているだけである。」

「人生就是不斷地累積著每一個小小的瞬間而已。」

—宮沢賢治

「人生は一箱のマッチに似ている。重大に扱うのはばかばか
しい。重大に扱わなければ危険である。」

「人生就像一盒火柴，太小心翼翼的話很愚蠢，太不小心對待
的話又很危險。」

—芥川 龍之介

「年齢を問わず出会う人はみな教師。」

「不分年齢，相遇的每個人都是老師。」

＊「みな」漢字為「皆」，和「みんな」一樣，有大家、全部之意。
　但「みな」較文語、正式，「みんな」較口語。

—松浦弥太郎

「止めることのできない時間は惜しむためだけでなく、
美しい瞬間を次々に手に入れるために流れていく。」

「無法停留的時間不單單是為了讓人感到惋惜，而是要讓你一
個接一個地得到每個美麗的瞬間才不斷流逝。」

—吉本ばなな

「こわがっていたら、なにも進まない、なにも起きない。
誰も愛せない。なにも動くことがなくなってしまう。」

「如果你一直害怕的話，就無法前進、也不會發生任何事。無
法愛任何人、也變得沒有辦法做任何動作。」

—吉本ばなな

�֍ 中日漢字對照表

▶六畫

中	冰	收	灰	每					
日	氷	収	灰	毎					

▶七畫

中	佛	免	壯	步					
日	仏	免	壮	歩					

▶八畫

中	亞	來	兩	侮	兒	卑	卷	姊	屆	恆
日	亜	来	両	侮	児	卑	巻	姉	届	恒

中	拂	拔	沿	毒	狀	舍				
日	払	抜	沿	毒	状	舎				

▶九畫

中	悔	海	拜	突					
日	悔	海	拝	突					

84

▼ 十畫

中	乘	區	峽	徑	挾	涉	狹	效	氣	真
日	乗	区	峡	径	挟	渋	狭	効	気	真

中	臭	缺								
日	臭	欠								

▼ 十一畫

中	假	圈	國	將	專	巢	帶	從	捨	淨
日	仮	圏	国	将	専	巣	帯	従	捨	浄

中	淺	潛	淚	陷	敘	敏	敕	晝	梅	條
日	浅	潜	涙	陥	叙	敏	勅	昼	梅	条

中	殺	莖	莊	處	麥					
日	殺	茎	荘	処	麦					

▼ 十二畫

中	剩	勞	喝	單	圍	壹	惱	揭	搜	插
日	剰	労	喝	単	囲	壱	悩	掲	捜	挿

中	渴	惡	惠	棧	殘	殼	畫	發	盜	窗
日	渴	悪	恵	桟	残	殻	画	発	盗	窓

中	絲	貳	閒	黑						
日	糸	弐	閑	黒						

▶ 十三畫

中	亂	傳	勤	圓	塚	奧	搖	溪	鄉	隆
日	乱	伝	勤	円	塚	奥	揺	渓	郷	隆

中	會	腦	逸	著	萬	當	碎	碑	經	與
日	会	脳	逸	着	万	当	砕	碑	経	与

中	號	虜	裝	鉛						
日	号	虜	装	鉛						

▶ 十四畫

中	僧	嘆	圖	團	壽	獎	寢	賓	對	廣
日	僧	嘆	図	団	寿	奨	寝	賓	対	広

中	漢	滯	滿	數	榮	樓	遞	盡	褐	稱
日	漢	滞	満	数	栄	楼	逓	尽	褐	称

中	綠	粹	肅	臺	輕	齊			
日	緑	粋	粛	台	軽	斉			

▶十五畫

中	價	儉	劍	賣	增	墮	墨	實	寫	層
日	価	倹	剣	売	増	堕	墨	実	写	層

中	廢	彈	徵	德	憎	敷	歐	樂	樣	毆
日	廃	弾	徴	徳	憎	敷	欧	楽	様	殴

中	穀	稻	緣	練	舖	踐	醉	髮	齒	
日	穀	稲	縁	練	舗	践	酔	髪	歯	

▶十六畫

中	劑	勳	器	學	據	據	擇	擔	澤	獨
日	剤	勲	器	学	拠	据	択	担	沢	独

中	險	隨	戰	曉	曆	樞	歷	燒	燈	遲
日	険	随	戦	暁	暦	枢	歴	焼	灯	遅

中	選	縣	縛	舉	螢	謁	變	豫	賴	辨
日	選	県	縛	挙	蛍	謁	変	予	頼	弁

中	錢	錄	靜	頻	餘	默	龍			
日	銭	録	静	頻	余	黙	竜			

▰ 十七畫

中	勵	壓	嶽	濟	濕	濱	隱	應	戀	戲
日	励	圧	岳	済	湿	浜	隠	応	恋	戯

中	檢	營	點	禪	穗	縱	總	繁	聲	謠
日	検	営	点	禅	穂	縦	総	繁	声	謡

中	鍊	齋								
日	錬	斎								

▶十八畫

中	擴	獵	擊	斷	膽	歸	薰	藏	壘	禮
日	拡	猟	撃	断	胆	帰	薫	蔵	塁	礼

中	舊	蟲	謹	豐	轉	醫	鎮	雜	雙	類
日	旧	虫	謹	豊	転	医	鎮	雑	双	類

▶十九畫

中	壞	懷	瀨	瀧	灣	懲	獸	邊	藝	藥
日	壊	懐	瀬	滝	湾	懲	獣	辺	芸	薬

中	癡	穩	繪	繩	證	贊	贈	辭	關	難
日	痴	穏	絵	縄	証	賛	贈	辞	関	難

▶二十畫

中	勸	嚴	壤	孃	寶	爐	犧	獻	繼	覺
日	勧	厳	壌	嬢	宝	炉	犠	献	継	覚

中	觸	譯	譽	釋	騷	黨	齡			
日	触	訳	誉	釈	騒	党	齢			

▶二十一畫

中	屬	攝	攜	櫻	欄	續	辯	鐵	霸	雞
日	属	摂	携	桜	欄	続	弁	鉄	覇	鶏

▶二十二畫

中	臟	權	歡	疊	竊	纖	聽	覽	讀	鑄
日	臓	権	歓	畳	窃	繊	聴	覧	読	鋳

中	響	驅								
日	響	駆								

▶二十三畫

中	鑛	顯	驛	驗	髓	體			
日	鉱	顕	駅	験	髄	体			

▶二十四畫

中	囑	罐	蠶	讓	釀	靈			
日	嘱	缶	蚕	譲	醸	霊			

▶二十五畫

中	廳	鹽	蠻	觀	鬪				
日	庁	塩	蛮	観	闘				

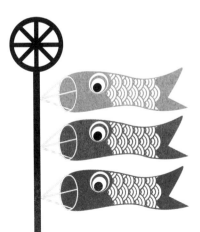

column ❹
日本鬼怪大不同

日本的妖怪文化非常盛行，不但有各式各樣獨特的外貌，就連個性、棲息地等等也都有詳細的區別，讓許多人為之癡迷不已。但其實日本鬼怪的稱呼分成很多種喔！以下就介紹四種比較常見的「鬼」的分類。

● 鬼（おに）

這種鬼大家小時候都常常看到，通常出現在民間故事或寓言裡，他們身材高大、力大無窮，身體是綠色或紅色，頭上長角，手上拿著大大的狼牙棒。會到處做亂、欺負人類，然後英勇的主角就會出發去打鬼，是形象很鮮明的日本傳統鬼怪，像是大家耳熟能詳的童話故事「桃太郎」裡面所打的鬼就是「鬼（おに）」。

● お化け（ばけ）

妖怪（ようかい）跟幽靈（ゆうれい）的統稱。

● 妖怪（ようかい）

跟「鬼（おに）」比起來「妖怪（ようかい）」更豐富活潑！源自日本的泛靈論，日本人相信萬物皆有靈氣，不管是物品還是動物，都會化身成各種面貌，有善有惡，與大自然和日常生活息息相關。日本知名的妖怪漫畫大師「水木茂」筆下的《鬼太郎》就是日本妖怪的最佳寫照。跟台灣所謂的「魔神仔」比較接近。

● 幽靈（ゆうれい）

這個就是我們所謂的阿飄了，「幽靈（ゆうれい）」指的是死後陰魂不散地在人世間遊蕩的靈魂。還可以細分成生靈（せいれい）、亡靈（ぼうれい）、怨靈（おんりょう）等等。

92

memo

memo

memo

越寫越讀越上手 日語五十音習字帖 /DT 企劃編著.
-- 二版 . -- 臺北市：笛藤出版，2021.10
　面；　公分
ISBN 978-957-710-831-9 (平裝)

1. 日語 2. 語音 3. 假名

803.1134　　　　　　　110016204

越寫越讀越上手

附 中日發音 QR Code 音檔

日語五十音習字帖

2024 年 10 月 14 日　二版第 8 刷　定價 130 元

編 著 者	DT 企劃
編　　輯	詹雅惠・葉雯婷
美 術 設 計	王舒玗
總 編 輯	洪季楨
編 輯 企 劃	笛藤出版
發 行 人	林建仲
發 行 所	八方出版股份有限公司
地　　址	新北市新店區寶橋路 235 巷 6 弄 6 號 4 樓
電　　話	(02) 2777-3682
傳　　真	(02) 2777-3672
總 經 銷	聯合發行股份有限公司
地　　址	新北市新店區寶橋路 235 巷 6 弄 6 號 2 樓
電　　話	(02) 2917-8022・(02) 2917-8042
製 版 廠	造極彩色印刷製版股份有限公司
地　　址	新北市中和區中山路二段 380 巷 7 號 1 樓
電　　話	(02) 2240-0333・(02) 2248-3904
印 刷 廠	皇甫彩藝印刷股份有限公司
地　　址	新北市中和區中正路 988 巷 10 號
電　　話	(02) 3234-5871
郵 撥 帳 戶	八方出版股份有限公司
郵 撥 帳 號	19809050